Mathilde et
l'Esprit du livre

Mathilde et l'Esprit du livre

Sylvie Khandjian

Illustrations : Patrick Bizier
Révision : Marie-Christine Picard
Mise en pages : Bruno Paradis
Correction d'épreuves : Anik Tia Tiong Fat

Imprimé au Canada

ISBN 978-2-89642-424-5

Dépôt légal — Bibliothèque et Archives nationales du
Québec, 2011
© 2011 Éditions Caractère

Gouvernement du Québec — Programme de crédit
d'impôt pour l'édition de livres — Gestion SODEC

Nous reconnaissons l'aide financière du gouvernement
du Canada par l'entremise du Fonds du livre du Canada
pour nos activités d'édition.

Visitez le site des Éditions Caractère
editionscaractere.com

Chapitre 1

Encore un livre !

Ma maman m'a offert un livre aujour-d'hui. Encore un livre ! devrais-je dire, parce que ma maman m'offre toujours des livres. Elle est libraire et, d'après elle, les livres sont les plus beaux des cadeaux à offrir ou à recevoir.

À mon anniversaire, elle m'offre donc un livre. À Noël, elle m'offre encore un livre. Quand elle veut me faire plaisir, elle m'offre toujours un livre. Bref, pour elle, tous les prétextes sont bons pour me donner un livre.

Alors, lorsqu'elle me tend un paquet, avec son beau sourire, je n'essaie même plus de deviner ce qu'il pourrait bien contenir. Je sais déjà qu'il s'agit d'un livre. Chaque fois, c'est la même chose ! Maman n'est vraiment pas douée pour l'originalité.

La semaine prochaine, je fêterai mes neuf ans. J'espère que, pour une fois, je ne recevrai pas un livre. Ce qui me ferait vraiment plaisir, ce serait qu'elle m'offre un nouveau vélo. J'en rêve ! Je le choisirais bleu, comme mes yeux, avec une jolie sonnette.

Pour que maman comprenne bien à quel point j'y tiens, je n'arrête pas de lui en parler. Chaque jour ou presque, je lui casse les oreilles avec mon vélo. Malheureusement, elle me dit toujours :

— Mais Mathilde, tu as déjà un vélo et tu ne t'en sers presque jamais.

C'est vrai, sauf que mon vélo est tout rouillé, trop petit, et le pire de tout, c'est qu'il est rose. Beurk ! Je déteste le rose. Voilà pourquoi je ne l'utilise presque pas. J'aurais trop peur que mes amis d'école se moquent de moi s'ils me voyaient sur mon petit vélo rose tout rouillé.

Pour en revenir à mes moutons, le nouveau livre que je viens de recevoir s'appelle *Le Petit Prince*. Maman est certaine que je vais l'adorer. Moi, je n'en suis pas si sûre… Je l'ai reçu en récompense pour mon beau bulletin. C'est vrai que mes résultats sont très bons et j'en suis très fière. J'ai eu de bonnes notes et me suis améliorée dans toutes les matières. Enfin, presque toutes… En français, et particulièrement en lecture, j'ai encore beaucoup de difficulté. Mes notes ont même carrément baissé depuis le premier bulletin.

Le problème, c'est que je n'aime pas lire. Je dirais même que je déteste lire. Quelle perte de temps ! Quand on lit, il ne se passe rien et ça m'ennuie. Maman dit qu'en compagnie des livres, on ne s'ennuie jamais. Tu parles ! Moi, je trouve que les livres sont d'un ennui mortel. En plus, lire me donne mal aux yeux et à la tête. Après quelques minutes, mes yeux ont envie de se fermer et mon esprit part vagabonder loin du texte. Madame Julie, mon enseignante, me dit souvent que j'ai la tête dans les nuages ou que je suis dans la lune. D'après elle, je devrais faire plus d'efforts pour rester concentrée.

Ce n'est pas ma faute, j'ai beau essayer de rester concentrée, la lecture ne m'intéresse pas. Aucun livre, aucune histoire ne réussit à me donner envie de poursuivre ma lecture. Vraiment aucun ! Pour être honnête, j'avoue que jamais

encore je n'ai lu un livre en entier. Jamais ! Je saute toujours des pages.

Même quand je dois en lire un pour l'école, je saute des pages. Parfois, je ne lis que la première et la dernière page. Comme ça, je connais quand même l'histoire, en gros. Malheureusement, ce n'est jamais assez pour pouvoir répondre aux questions de madame Julie, ce qui explique certainement pourquoi je n'ai pas de bonnes notes en lecture.

Maman et madame Julie disent aussi que, si je n'ai pas de bonnes notes en français, c'est parce que je ne lis pas assez. Elles prétendent que la lecture aide à être bon en orthographe et en grammaire.

Moi, je répète que ce n'est pas ma faute ! J'ai beau essayer encore et encore, il n'y a rien à faire. Chaque fois, mes yeux se ferment d'eux-mêmes et mes idées s'éloignent du texte.

Pourtant, ma bibliothèque est remplie de livres. J'en ai sur presque tous les sujets : les animaux, les princesses, la préhistoire, les pirates, les sports, etc. Et aussi des contes, des documentaires, des bandes dessinées et même des romans.

De tous ces livres, les seuls que je feuillette avec plaisir, ce sont les documentaires parce qu'on y trouve des dessins ou des photos. Je préfère regarder les images que lire les textes. Je lis quand même les légendes sous les illustrations, et j'apprends beaucoup d'informations. Je sais bien que je devrais aussi lire les textes, pour en apprendre davantage. Pourtant, rien que de regarder ces gros paragraphes, remplis de lettres et de mots, ça me décourage.

Alors, pour mes neuf ans, j'espère sincèrement que maman ne me donnera pas un autre livre... Si seulement elle pouvait m'offrir mon vélo...

CHAPITRE 2

Un drôle de livre

J'ai neuf ans aujourd'hui. J'attendais cette journée avec impatience. Pour bien la débuter, maman m'a préparé mon petit-déjeuner préféré : un bagel avec du fromage à la crème, du saumon fumé et beaucoup de câpres. Si je pouvais, j'en mangerais tous les jours !

À l'école, madame Julie a apporté une grosse tarte aux fruits qu'elle avait préparée en mon honneur. Ça m'a fait très plaisir. Nous l'avons mangée en classe, durant l'après-midi, mais avant, mes amis m'ont chanté « Bonne fête » dans différentes langues : en français, bien sûr, mais aussi en anglais, en italien, en espagnol, en grec et en arabe.

Pendant qu'ils chantaient, moi, je faisais des vœux en regardant brûler mes neuf bougies. Mon vœu le plus cher était de recevoir un vélo ce soir.

C'est peut-être bête, mais j'espérais réellement que maman allait m'offrir ce vélo. Je croyais qu'elle avait compris l'importance, pour moi, d'avoir ce vélo.

Eh bien, je peux dire que j'ai été plus que déçue. Je le suis encore d'ailleurs, alors que je suis couchée dans mon lit, prête à m'endormir. Je suis aussi triste, désappointée et même un peu fâchée contre maman.

Quand elle m'a tendu mon paquet, après un délicieux souper d'anniversaire, j'ai tout de suite su que je recevrais, comme toujours, un livre. Quelle déception ! Il a fallu que je me retienne pour ne pas pleurer.

Maman a dû s'en apercevoir parce qu'elle m'a dit :

— Je sais, ma grande, que tu souhaitais de tout cœur un beau vélo neuf. Cette année, je ne peux malheureusement pas me permettre un si gros cadeau et j'en suis désolée. Tu sais que nous ne roulons pas sur l'or et que nous devons souvent nous serrer la ceinture. Cette situation n'est facile ni pour toi ni pour moi, Mathilde. J'espère que tu comprends… Je te promets qu'un jour tu l'auras, ton beau vélo bleu. Seulement, ce ne sera pas cette année. L'an prochain, peut-être…

Je voyais bien que maman était un peu triste de me dire tout ça. Ce n'est pas facile pour elle, car elle est toute seule pour s'occuper de moi. Je n'ai pas de papa. Enfin, si, j'en ai un, mais je ne le connais pas : il est parti quand maman était enceinte de moi. Elle ne l'a jamais revu et moi, je ne l'ai jamais connu.

Alors, pour que maman retrouve son vrai sourire, j'ai fait semblant d'être impatiente en déballant mon cadeau. Même si je savais pertinemment qu'il s'agissait d'un livre, j'ai fait comme si j'étais surprise en le découvrant.

En vérité, j'étais réellement surprise. Jamais, de toute ma vie, je n'avais vu un tel livre. Il est très bizarre. D'abord, il est grand et très lourd, même plus lourd que le dictionnaire. Il a aussi l'air d'être très vieux… On dirait qu'il a plusieurs centaines d'années, au moins. Son épaisse couverture est en vieux cuir brun sombre. De jolies lettres y ont été gravées et on peut y lire : *L'apprenti lecteur*. Drôle de titre !

Une étrange odeur se dégage aussi de ce livre. Une odeur de cuir et de vieux papier, mélangée à autre chose encore. Il sent vraiment bizarre.

Je l'ai longuement regardé et soupesé, puis j'ai fini par l'ouvrir et là, je suis restée bouche bée ! Toutes les pages de ce livre sont entièrement blanches ; enfin, pas vraiment blanches, plutôt jaunies par les années, mais elles sont blanches dans le sens où il n'y est rien écrit. Aucune lettre, aucun mot, aucun dessin. Rien, absolument rien. J'ai tourné toutes les pages, ou presque, et je n'ai rien vu d'autre que du vide.

— Merci maman pour le vieux cahier. Euh non, pardon, pour le beau cahier, ai-je dit, avec un sourire un peu forcé.

— Mais ce n'est pas un cahier, Mathilde, c'est un livre. Un livre très précieux et très ancien, dont tu devras prendre grand soin, a-t-elle ajouté avec un air mystérieux.

— Mais maman, il est vide, ce livre, lui ai-je répliqué.

— « L'essentiel est invisible pour les yeux », comme l'a si bien dit Antoine de Saint-Exupéry. Si tu avais lu le livre que je t'ai offert la semaine dernière pour ton bulletin, tu l'aurais lue, cette phrase.

— Ah bon ? C'est dans *Le Petit Prince* ? Qu'est-ce que ça veut dire au juste ? Je ne comprends pas, ai-je demandé, un peu intriguée par la façon dont maman parlait.

— Cela signifie que les yeux ne peuvent pas tout voir. Certaines choses semblent invisibles bien qu'elles existent. Il faut alors regarder, non pas avec nos yeux, mais avec notre cœur.

J'ai fait semblant de comprendre, mais à vrai dire, ça ne voulait rien dire. Voir avec son cœur… Avec un cœur, on peut aimer, ça oui, mais voir…

* * *

Depuis bientôt une heure, je tourne et me retourne dans mon lit, incapable de m'endormir. Je n'arrête pas de repenser à mon drôle de livre et aux étranges paroles de maman.

On dit que la nuit porte conseil, alors je devrais dormir. Peut-être qu'en me réveillant j'aurai compris…

CHAPITRE 3

L'Esprit du livre

— Dormez-vous, gente* demoiselle?

— Qui parle? dis-je en me redressant brusquement dans mon lit, aux aguets.

Je viens d'entendre une voix d'homme dans ma chambre. Est-ce que je rêvais?

Les mots suivis d'un astérisque (*) sont expliqués dans le lexique à la fin du livre.

Le cœur battant, j'allume la lumière. Mes yeux font le tour de la pièce. Il n'y a personne. Pourtant, j'ai vraiment cru entendre une voix. Je suis certaine que ce n'était pas un rêve, je ne crois pas avoir eu le temps de m'endormir. Étrange…

Alors que je m'apprête à me recoucher, après avoir éteint, voilà que cela recommence.

— Jeune fille, reprend la même voix, avant que vous ne plongiez dans le sommeil, j'aimerais vous raconter une histoire. Cela vous plairait-il ?

En vitesse, je rallume à nouveau. Rien n'a changé dans ma chambre. J'ai beau regarder de tous les côtés, il n'y a pas l'ombre d'une personne.

Un peu inquiète, mais sans vouloir le montrer, je demande d'une voix autoritaire :

— Est-ce qu'il y a quelqu'un ?

Aucune réponse.

— Montrez-vous si vous êtes un homme ! dis-je en le défiant.

— J'aimerais bien pouvoir le faire, répond-il enfin, mais je ne suis pas un homme.

— Ah non ? Qu'êtes-vous alors, pour que je vous entende me parler sans pouvoir vous voir ? Sortez de votre cachette maintenant ! Je vous préviens, si vous ne vous montrez pas, je crie à l'aide. De toute façon, vous ne me faites même

pas peur, dis-je pour me donner du courage.

Évidemment, ce n'est pas vrai, je suis morte de trouille, mais je suis aussi très excitée. Mon cœur bat la chamade et mon cerveau est en ébullition. J'imagine plein de choses sur cette belle voix grave : peut-être qu'il s'agit d'un méchant monsieur qui veut me faire du mal ? Peut-être que c'est mon papa, qui a décidé de réapparaître dans ma vie le jour de mes neuf ans ? Peut-être que maman a demandé à un de ses amis de me jouer un tour ?

— Jeune demoiselle, vous ne pourrez jamais me voir avec vos yeux. Je suis invisible.

— Vous êtes un homme invisible, alors ? Comme dans les films ? dis-je, étonnée.

— Non, ma chère enfant. Je vous ai déjà dit que je ne suis pas un homme. Je suis un esprit ; l'Esprit du livre que vous avez reçu tout à l'heure.

— Un esprit, vous dites ? Je ne vous crois pas. Les esprits, ça n'existe même pas. Il ne faut pas me prendre pour une idiote, quand même !

Subitement, la phrase de maman me revient en tête : « L'essentiel est invisible pour les yeux. » Voulait-elle parler des esprits ? En m'offrant ce livre, savait-elle qu'un esprit l'habitait ?

— Croyez ce qu'il vous plaira, gente demoiselle, reprend la voix. Vous m'avez demandé qui j'étais et je vous ai répondu. À présent, c'est à votre tour de répondre à ma question.

— À quelle question ?

— Vous plairait-il, oui ou non, que je vous raconte une histoire ?

Avant de donner ma réponse, je réfléchis en vitesse. La voix grave et mélodieuse me plaît et j'aimerais bien continuer à l'écouter. Toutefois, cette histoire d'esprit ne me plaît pas vraiment et me donne même un peu la chair de poule.

— Et votre réponse est ? me redemande-t-il.

— Oh ! Laissez-moi réfléchir, lui dis-je, énervée.

Que dois-je faire ? Puis-je faire confiance à cette voix ? Son histoire m'aiderait peut-être à m'endormir… parce que ça m'étonnerait que je réussisse à m'endormir, après avoir parlé à un esprit. C'est vraiment étrange, ce qui est en train de m'arriver… Bon, il faut que je me décide, et vite.

— C'est d'accord. Je veux bien que vous me racontiez une histoire, dis-je avec hésitation.

— Quel plaisir vous me faites, chère enfant. Voilà bien longtemps que cela ne m'était pas arrivé. Ne craignez rien, avec ma longue expérience de conteur, je n'ai sûrement pas perdu la main. Installez-vous bien confortablement.

Ouvrez grand vos oreilles, votre cœur et votre esprit, et préparez-vous à pénétrer dans mon histoire. « *Il y a de cela plusieurs siècles...*

— S'il vous plaît, dis-je brusquement en le coupant. Ce ne sera pas une histoire d'épouvante, n'est-ce pas ?

— Non, non. N'ayez aucune inquiétude. Prête ?

— Prête ! dis-je en me couchant, impatiente de découvrir l'histoire. Oh… une dernière chose.

— Quoi encore ? me demande la voix avec une pointe d'impatience.

— Vous pouvez me tutoyer, vous savez. Je préférerais cela. Vous pouvez aussi m'appeler Mathilde.

— C'est une très bonne idée. Dorénavant, Mathilde, je te tutoierai avec plaisir. Maintenant, je commence…

Chapitre 4

L'apprenti lecteur

« Cette histoire se déroule il y a de cela plusieurs siècles, au Moyen Âge. Dans une immense forêt sauvage, loin de toute civilisation, un jeune garçon vit avec son père dans une humble cabane en bois. Gaël est son nom et, malgré ses dix ans, il travaille déjà comme apprenti* bûcheron, auprès de son père.

À cette époque, les conditions de vie sont très difficiles, et Gaël mange rarement à sa faim. Son père travaille pourtant avec acharnement, chaque jour, afin de nourrir son unique fils chéri.

Enfant chétif et maigrelet, Gaël n'a pas la carrure d'un bûcheron et il peine à la tâche. Il rêve souvent d'une autre vie, loin de la forêt.

Par un soir de terrible orage, alors que Gaël et son père mangent tranquillement leur souper, composé de bouillon, de pain rassis et de fromage, quelqu'un cogne brutalement à leur porte.

— Aidez-moi, de grâce ! hurle un homme.

Sans hésiter, le père de Gaël va ouvrir et fait entrer l'étranger. L'homme est mouillé de la tête aux pieds et son visage est caché sous la capuche de sa cape ruisselante. Lorsqu'il l'enlève pour aller se réchauffer près du feu, Gaël découvre un homme blond au visage doux.

Son sourire joyeux rassure instantanément le jeune garçon, qui craignait que l'homme ne soit un bandit. L'étranger ressemble plutôt à un gentilhomme et ses beaux vêtements pourraient être ceux d'un seigneur.

Gaël est intrigué de savoir ce que faisait cet homme, seul, en pleine forêt.

Comme s'il avait lu dans les pensées du garçon, l'étranger prend la parole :

— Merci de m'accueillir ainsi, généreux bûcherons. Je me présente : Clovis de Montauban, scribe* de profession à la cour* de Philippe le Bon, duc* de Bourgogne. J'étais en chemin vers l'abbaye* quand je me suis fait surprendre par ce violent orage. Cherchant à me protéger de la pluie, je me suis enfoncé dans la forêt et me suis rapidement perdu. Vous n'imaginez pas mon soulagement quand j'ai fini par apercevoir la lumière de votre foyer.

— Soyez le bienvenu dans notre humble masure*, gentilhomme*. Je suis Martin Dubois, l'homme de la forêt, pour vous servir, et voici mon fils, Gaël Dubois, apprenti bûcheron.

L'homme sourit au jeune garçon tout en le dévisageant longuement. Gaël baisse les yeux, gêné par ce regard insistant.

À l'invitation de son hôte, Clovis se joint à leur maigre repas et mange avec appétit.

Gaël, qui sent que l'homme l'observe toujours, ne lève pas les yeux de son bol de bouillon.

— Dis-moi, jeune Gaël, dit l'étranger à la fin du repas. La vie de bûcheron te plaît-elle ?

Ce doit être un métier très dur pour un enfant de ton âge.

Gaël ne sait pas quoi répondre. Il ne veut surtout pas causer de peine à son père qu'il aime tant. Toutefois, il déteste réellement passer ses journées à scier, fendre, couper, ramasser et empiler du bois.

— N'aie pas peur, mon fils, l'encourage son père. Je sais que cette vie t'est pénible, même si tu ne t'en plains jamais.

Gaël regarde son père avec étonnement. Il sait donc à quel point il déteste le métier de bûcheron...

— Je n'ai jamais connu d'autre vie, finit par répondre le garçon en rougissant, mais je rêve souvent de... de vivre autrement...

— J'ai quelque chose à te proposer, lui dit alors l'étranger en lui prenant les deux mains. Regarde tes mains : ce ne sont pas des mains de bûcheron. Tu as des mains fines et délicates aux longs doigts agiles. Compare-les à celles de ton père. Tu vois, les siennes sont massives, avec des doigts courts et larges, parfaites pour travailler le bois ou la pierre. Tandis que tes mains sont comme les miennes, faites pour écrire, dessiner, peindre...

Sidéré, Gaël regarde à tour de rôle ses mains, celles de son père et celles de l'étranger. Il a toujours su qu'il n'était pas fait pour le travail de bûcheron, mais il n'avait jamais pensé être fait pour écrire, dessiner ou peindre.

— Comme je vous l'ai dit, j'étais en route pour l'abbaye. J'allais y chercher un apprenti scribe pour m'épauler dans mon travail, reprend l'étranger. En vérité, je crois bien que je n'irai pas jusque là-bas, car je viens de trouver mon homme ! dit-il avec un clin d'œil à Gaël. Aimerais-tu devenir mon apprenti, jeune homme ?

Gaël n'en croit pas ses oreilles ! Cet homme, si beau, si propre, si bien habillé, vient de lui proposer de devenir apprenti scribe... Cet étranger, surgi de nulle part, offre de lui apprendre un nouveau métier à la cour du duc. Gaël doit saisir cette chance.

— Gaël, mon fils, j'ai toujours souhaité pouvoir t'offrir une meilleure vie que celle-ci, le coupe son père. Aujourd'hui, la chance te sourit ! Va l'esprit en paix, mon enfant, cours vers cette nouvelle vie de connaissances. Promets-moi seulement de ne jamais oublier ton père.

— Je vous le promets, dit Gaël en se serrant contre son père. Jamais je ne pourrais vous oublier. Vous avez tant fait pour moi.

— Magnifique ! s'exclame l'étranger. Je vous promets de veiller sur votre fils et nous reviendrons vous rendre visite à l'occasion. Vous avez ma parole d'honneur, dit-il en serrant la grosse main du bûcheron pour conclure le pacte.

C'est ainsi que Gaël accepte de devenir apprenti scribe auprès de Clovis de Montauban, à la cour du roi. »

Le silence emplit soudainement ma chambre. La voix s'était tue.

— Et alors, dis-je. Que s'est-il passé ensuite ? Comment Gaël trouve-t-il sa nouvelle vie ?

— Ça, jeune Mathilde, tu le sauras demain. Il est maintenant temps de dormir, chère enfant. Je te souhaite de beaux rêves.

— À demain, dis-je en fermant les yeux, et merci beaucoup pour cette histoire, c'était un merveilleux cadeau d'anniversaire !

CHAPITRE 5

Une histoire
qui n'y était pas

Comme c'est samedi, je peux traîner au lit et faire la grasse matinée ce matin. Quel bonheur !

Je repense à ma belle journée d'anniversaire de la veille. Dire que j'ai maintenant neuf ans… Brusquement, l'Esprit du livre me revient en mémoire. Était-ce un rêve ? Cet esprit venu me conter une histoire était-il vraiment là ou l'ai-je rêvé ?

Comme pour vérifier, je saisis le vieux livre en cuir que j'avais posé sur ma table de chevet. Il sent toujours aussi fort et, bizarrement, une étrange chaleur s'en dégage. Il est chaud, comme si quelqu'un l'avait tenu longtemps dans ses mains. C'est vraiment étrange…

Poussée par la curiosité, je l'ouvre et là, je reste interdite, bouche bée. Alors que la première page était blanche hier, elle est maintenant couverte d'une fine écriture à l'encre. Émerveillée, je regarde les lettres attachées si joliment écrites. Jamais de ma vie je n'ai vu une aussi belle écriture ! Il n'y a aucun doute, cette histoire est écrite à la main, et non imprimée avec une machine.

En tournant les pages, je découvre que plusieurs sont maintenant couvertes de texte et qu'il y a même de très jolies illustrations en couleur. Sur l'une d'elles, je reconnais immédiatement Gaël et son père en train de scier du bois. Quelques pages plus loin, je m'arrête sur un portrait de Clovis de Montauban. C'est incroyable ! Il est exactement comme je me l'étais imaginé !

Intriguée, je retourne à la première page. Avec un peu de difficulté, je commence à déchiffrer le texte. Il n'y a pas de doute : c'est exactement la même histoire que celle de l'Esprit du livre. Mot pour mot !

Pourtant, même si je connais déjà ce récit, je continue à le lire, avec application. Peut-être trouverai-je des différences avec l'histoire d'hier soir…

Tout en lisant, j'entends la voix de l'Esprit du livre me dire ces mêmes mots que je vois à présent sur le papier.

Je viens de lire la dernière ligne. Le récit s'achève exactement avec les mêmes mots que la veille. Je suis un peu déçue. J'aurais bien aimé poursuivre ma lecture, mais les autres pages sont restées blanches.

Soudain, je réalise que je viens de lire un texte au complet. Sans sauter un seul mot, ni une seule ligne ni une seule page. C'est une grande première pour moi! Le plus drôle, c'est que j'aurais volontiers poursuivi ma lecture.

Quelle mouche m'a donc piquée cette nuit? Moi qui déteste lire, je viens pourtant de passer la matinée plongée dans un livre. On peut dire que ça me change d'avoir neuf ans!

* * *

Pendant toute la journée, je n'ai pas arrêté de penser à Gaël. Je suis tellement impatiente de savoir comment se passera sa nouvelle sa vie d'apprenti scribe. J'espère qu'il se plaira au château.

— Je ne t'en demande pas tant ! Prends seulement garde de ne pas avoir l'estomac trop plein pour ne pas nuire à ta concentration. Nous commencerons ton apprentissage dès demain matin, après une bonne nuit de sommeil.

— C'est parfait, se réjouit Gaël, déjà impatient de commencer.

Une fois le souper terminé, Clovis emmène son nouvel apprenti faire un rapide tour des lieux. En chemin, ils croisent des seigneurs*, des chevaliers, des soldats, des servantes, des vendeurs et quelques enfants.

Gaël est impressionné par la taille du château et étourdi par le nombre de personnes qui y vivent. Ce château lui semble bien plus grand et plus peuplé que tous les villages qu'il connaît. Lui qui a toujours vécu dans une petite cabane au fond des bois se sent un peu perdu dans cette foule.

C'est donc épuisé qu'il découvre sa chambre. Jamais il n'aurait cru avoir une pièce rien que pour lui.

Dès qu'il se retrouve seul, le jeune garçon se met à pleurer doucement. Son père lui manque tant. Toute cette nouveauté qui l'entoure l'effraie un peu. Sera-t-il capable de se retrouver sans se perdre, dans cet immense château ? Réussira-t-il à vivre parmi tant de gens ? Et puis surtout, sera-t-il assez doué pour apprendre à lire et à écrire ?

Même s'il est prêt à travailler avec acharnement, Gaël sait qu'il a beaucoup de chemin à faire. Clovis lui a appris que les enfants des

nobles* et les futurs moines* commencent leur éducation dès l'âge de sept ans. Un précepteur* leur donne des cours particuliers de lecture, d'écriture, de mathématiques, de latin et de religion. Les enfants des seigneurs suivent aussi des cours d'équitation et de danse. Gaël a été soulagé d'apprendre que ce ne sera pas son cas.

Le garçon a donc trois ans d'études à rattraper puisqu'il a déjà dix ans. Pourtant, si Clovis l'a préféré, lui, l'apprenti bûcheron analphabète, à un futur moine déjà instruit de l'abbaye, c'est qu'il a confiance en lui.

Gaël regarde ses mains aux longs doigts fins en souriant. C'est grâce à elles qu'il se retrouve aujourd'hui couché dans un vrai lit, le ventre plein, bien à l'abri dans l'enceinte d'un château.

— Je deviendrai le meilleur apprenti scribe du pays ! se dit-il avant de s'endormir profondément. »

Le silence s'installe dans ma chambre. J'attends, mais la voix s'est tue. L'histoire s'arrêtera là pour ce soir.

— Reviendrez-vous me raconter la suite demain ? dis-je en bâillant.

— Avec plaisir, me répond l'Esprit du livre. Bonne nuit, Mathilde.

J'essaie de lui répondre, mais ma bouche reste ouverte sans émettre le moindre son. Sans lutter, je tombe dans un profond sommeil.

CHAPITRE 6

Un dur apprentissage

En me réveillant le lendemain matin, je n'ai qu'une envie : vérifier si l'histoire de Gaël est retranscrite dans mon livre. Impatiente, je tends la main vers la table de chevet et l'attrape.

Instantanément, sans même l'avoir ouvert, je sais déjà que l'histoire y est inscrite : le livre dégage la même chaleur que la veille.

En effet, de nouvelles pages sont maintenant couvertes de la fine écriture ou de belles illustrations. Sans attendre, je me plonge immédiatement dans ma lecture.

Pendant de longues minutes, je ne relève pas une seule fois les yeux de mon livre. Tout comme la veille, j'entends encore l'Esprit du livre me souffler à l'oreille les mots qui défilent devant mes yeux.

Si seulement c'était toujours comme ça, ce serait tellement plus facile de lire !

Avec déception, je termine ma lecture. J'aurais bien voulu continuer, mais les pages suivantes sont encore blanches. Il va me falloir patienter jusqu'à ce soir pour entendre la suite de l'histoire et jusqu'à demain pour la lire.

J'ai alors une idée. Je me lève, fouille dans ma bibliothèque et en ressors un gros livre sur les châteaux forts que je feuillette. J'imagine Gaël dans l'une de ces forteresses. Sans m'en rendre compte, je me mets même à lire certains passages.

— Mathilde, est-ce que je peux entrer ? demande maman en cognant à ma porte.

— Bien sûr, entre, maman !

Maman entre en tenant un plateau de déjeuner.

— Mais dis donc ! Je rêve ou quoi ? J'ai cru, un instant, que tu étais en train de lire, s'exclame maman d'un air étonné.

— Non, non, tu ne rêves pas, lui dis-je avec un sourire. C'est le livre sur les châteaux que tu m'as offert.

— Oui, je m'en souviens, c'était ton cadeau pour tes sept ans. Pourtant, c'est la toute première fois que je te vois le lire.

Tiens, j'y pense, quelle drôle de coïncidence que maman m'ait offert ce livre pour mes sept ans. Sept ans, c'est justement l'âge où les enfants des seigneurs commençaient à étudier au Moyen Âge. Est-ce pour cela que maman me l'a offert à cet âge ?

J'ai envie de confier à maman l'histoire de Gaël, de lui raconter comment l'Esprit du livre vient me raconter son histoire, chaque soir ; comment, chaque matin, je découvre cette même histoire écrite et illustrée dans les pages du vieux livre. Pourtant, quelque chose me retient. Il y a comme une petite voix qui me conseille de garder tout cela secret.

— Merci pour le déjeuner au lit, lui dis-je en saisissant le plateau qu'elle me tend.

— Bon appétit ma grande et bonne lecture ! me lance maman avec un clin d'œil, en sortant de ma chambre.

Mon estomac crie famine, alors je me rue sur mon déjeuner. D'une main, je tiens une tartine que je dévore à belles dents. De l'autre, je feuillette mon livre, tout en tentant de ne pas le tacher de confiture.

* * *

Incroyable mais vrai ! J'ai passé pratiquement toute la journée la tête plongée dans des livres. Je n'en reviens pas moi-même. Le plus étonnant, c'est que j'ai eu beaucoup de plaisir et que la journée a passé très vite.

Maman est bien sûr ravie de me voir lire, mais aussi très intriguée. Elle cherche à savoir ce qui m'arrive. Plusieurs fois, j'ai eu envie de me confier à elle et de lui parler de l'étrange livre. Pourtant, j'ai préféré me taire.

— Bonjour Mathilde. Es-tu prête pour ton histoire ? me demande soudain la voix.

J'avais beau l'attendre impatiemment, je sursaute tout de même.

— Bonjour Esprit du livre. Je suis contente de vous retrouver, lui dis-je. Je suis toujours prête à vous écouter !

— Je suis heureux d'entendre ça, jeune fille. Allons-y.

« À l'aube, Gaël est réveillé par son maître qui le tire doucement par le bras. Il se dépêche de se vêtir, puis suit l'homme dans le labyrinthe qu'est le château. Leur premier arrêt est aux cuisines, où ils mangent et se réchauffent près de l'énorme cheminée. Ensuite, Clovis entraîne son nouvel apprenti à l'autre bout du château, dans une grande pièce claire.

Gaël reste interdit en pénétrant dans les lieux : devant lui se dressent d'impressionnantes bibliothèques en bois, remplies de plusieurs centaines de livres. Partout où son regard se pose, Gaël voit des livres, encore et encore.

Sous une des fenêtres, il aperçoit une grande table en bois sur laquelle sont posés les instruments de travail du scribe : des plumes d'oie, un encrier, un couteau, des pierres ponces, un rasoir, de la craie et des rouleaux de parchemin*. Un peu plus loin se trouve une autre table de bois sur laquelle Gaël voit deux tablettes de cire et deux stylets*.

Sans perdre un instant, Clovis invite son élève à se mettre au travail. Commence alors la première leçon d'écriture. Avec patience, le maître

montre au garçon comment graver chaque lettre dans la cire.

Gaël s'applique à recopier méticuleusement chacune des lettres. Son cœur déborde de bonheur. Il est si heureux d'apprendre à écrire et, bientôt, espère-t-il, il saura aussi lire.

Chaque jour, Clovis et Gaël travaillent ainsi de longues heures durant. En peu de temps, Gaël maîtrise l'alphabet.

Fier des rapides progrès de son apprenti, le scribe ne cesse de le féliciter et de l'encourager.

— Je ne m'étais pas trompé à ton sujet, lui dit-il un matin. Tes mains sont bel et bien celles d'un scribe. Tu as beaucoup de talent. Voyons maintenant si ton cerveau est aussi doué pour la lecture que tes mains le sont pour l'écriture.

Ainsi, en plus des leçons de calligraphie*, Gaël commence l'apprentissage de la lecture. Si l'écriture ne lui a posé aucun problème, apprendre à lire n'est pas une mince affaire. Malgré sa bonne volonté et ses efforts acharnés, le garçon a de la difficulté à déchiffrer les mots. Il a tant de choses, tant de sons, tant de lettres à retenir que tout se mélange dans sa tête.

Pour la première fois depuis son arrivée au château, Gaël se sent découragé. Il croit qu'il ne sera jamais capable de lire. Si c'était le cas, il serait renvoyé et serait obligé de retourner exercer le métier de bûcheron... Cette idée le rend triste et il se promet de redoubler d'efforts.

Pendant la semaine suivante, l'apprenti scribe apprend à se servir d'une plume et d'un encrier sur du papier parchemin. Il trouve cela bien plus difficile que sur la cire même s'il est très doué et apprend vite. En lecture par contre, c'est une tout autre histoire. Malgré ses efforts acharnés, Gaël n'a pas fait l'ombre d'un progrès. Il mélange les syllabes, les sons.

Clovis se rend vite compte que son apprenti commence à perdre espoir et à se décourager. Il lui propose donc un nouvel horaire de travail : Gaël ne travaillera que les matins. Ses après-midi seront libres.

Le garçon est fou de joie et remercie son maître. Déjà, il s'imagine aller se promener en forêt ou regarder les chevaliers s'entraîner au

combat ou, simplement, errer librement dans le château. »

Ma chambre est soudain plongée dans le silence. Fin de l'épisode ! L'Esprit du livre s'éclipse une fois de plus et je m'endors aussitôt, prête à rêver au beau Gaël.

CHAPITRE 7

Les apprentis lecteurs

Comme c'est lundi, je n'ai pas pu lire mon histoire à mon réveil. Alors, j'ai emporté mon livre à l'école. J'en ai lu d'autres dans l'autobus scolaire, puis quelques pages en classe. Je viens juste de le terminer, maintenant que je suis de retour à la maison.

J'ai d'ailleurs vraiment bien fait de lire les nouvelles pages, car l'histoire continuait plus loin que là où l'Esprit du livre s'est arrêté, hier soir. Je suis trop contente de découvrir la suite des aventures de Gaël et de la lire toute seule en plus !

« Gaël adore son nouvel horaire. Il travaille d'arrache-pied le matin et profite de ses après-midi de liberté pour mieux connaître le château et ses habitants. Un jour, alors qu'il se promène sans but, il entend de la musique. Curieux, il suit les sons et parvient devant une porte entrebâillée. Il jette un œil à l'intérieur : les quatre enfants du seigneur sont en pleine classe de danse.

Gaël les observe. Il n'a d'yeux que pour la princesse Aliénor, qui danse merveilleusement bien.

Tous les jours, le jeune garçon tente de croiser le chemin de la princesse. Il rêve de lui parler.

Enfin, un beau matin, au tournant d'un couloir, ils foncent l'un dans l'autre. Confuse, elle s'excuse. Gaël bafouille que ce n'est pas grave. Au contraire, il est si content de lui parler. Ils se mettent à marcher ensemble. Aliénor lui demande qui il est et lui pose de nombreuses questions. En le quittant, elle lui propose d'aller faire une balade à cheval le lendemain. Gaël accepte, même s'il n'a jamais réellement monté à cheval. À part sa chevauchée pour se rendre au château en compagnie de Clovis, le seul cheval sur lequel il est monté est le vieux cheval de trait que son père louait parfois pour sortir des troncs entiers de la forêt. Ce vieux canasson n'a strictement rien à voir avec les magnifiques chevaux du château.

Cette nuit-là, Gaël s'endort excité comme une puce à l'idée de cette chevauchée avec la belle Aliénor. »

J'aurais bien lu encore quelques pages, mais l'histoire s'arrête une fois de plus. Je me console en me disant que j'aurai la suite bientôt. D'ici là, je vais faire mes devoirs avant que maman me gronde.

* * *

Depuis au moins une heure, j'attends l'Esprit du livre. On dirait qu'il m'a bel et bien oubliée cette fois-ci. Je serais tellement déçue s'il ne venait pas.

Le sommeil commence à me gagner. J'essaie de lutter, mais mes yeux se ferment doucement. Toutefois, au moment même où je laisse le sommeil me gagner, je l'entends enfin.

— Toutes mes excuses pour ce retard, chère Mathilde, me dit-il.

— Ce n'est pas grave. J'avais très peur que vous m'ayez oubliée.

— Jamais je ne pourrais t'oublier, ma chère enfant ! Cependant, mon temps auprès de toi est compté. Cette visite sera la dernière.

— Mais pourquoi ? dis-je, sous le choc. J'aime vos visites et j'adore vous écouter. En plus, grâce à vous, j'ai découvert le plaisir de la lecture.

— Voilà pourquoi tu n'as plus besoin de moi à présent.

— Mais si, j'ai encore besoin de vous, lui dis-je, des sanglots dans la voix.

— Ne sois pas triste, Mathilde. J'ai accompli ma mission et toi, la tienne.

— Ah bon ? dis-je, étonnée.

— Oui, comme tu t'en es rendu compte, je ne suis pas un livre ordinaire. J'ai été conçu pour une raison bien précise : donner le goût des livres aux enfants. Celui qui m'a d'ailleurs fabriqué, avec l'aide d'un ami magicien, n'est autre que le jeune Gaël de notre histoire.

— Quoi ? C'est Gaël, l'apprenti scribe, qui vous a fabriqué ?

— Exactement ! Imagine-toi qu'il est devenu l'un des meilleurs scribes du

Royaume de France. Les nobles et les seigneurs s'arrachaient ses services.

— Ah bon ? Pourtant, il a beaucoup de difficulté à apprendre à lire, là où j'en suis dans l'histoire.

— Te souviens-tu de la princesse Aliénor ? Eh bien, pendant leur balade à cheval, Gaël et Aliénor se sont liés d'amitié. La princesse a proposé à l'apprenti scribe de l'aider dans ses cours de lecture et grâce à elle et à Clovis, Gaël est devenu un excellent lecteur. Après son apprentissage, Gaël a travaillé quelques années auprès de Clovis. Quand la princesse Aliénor s'est mariée et a quitté le château, le jeune scribe a décidé de partir à la découverte du monde. Pendant des années, il a voyagé de par le monde, travaillant ici et là pour de nombreux seigneurs et nobles. Durant un séjour en Irlande, il a rencontré celui qui allait devenir son meilleur ami : le magicien Colomban.

Ensemble, ils ont eu l'idée de me créer. Tous deux partageaient une véritable passion pour les livres et ils souhaitaient pouvoir la partager. Ils ont donc conçu quelques exemplaires de livres magiques, comme moi. Chacun d'entre nous a été spécialement conçu pour donner le goût de la lecture au plus grand nombre d'enfants. Tu es l'une de ces chanceuses, Mathilde.

— Waouh ! C'est incroyable ! Je n'arrive pas à croire que je tiens entre les mains un véritable livre magique datant

du Moyen Âge. Quel précieux cadeau maman m'a fait là ! Je n'aurais jamais cru...

— Mathilde, mon enfant, je sens l'appel d'un autre apprenti lecteur avec qui partager l'amour de la lecture, comme je l'ai fait avec toi…

— Quoi ? Vous allez vous en aller ? Alors, je vais devoir me séparer du livre ? dis-je avec un mélange d'inquiétude et de tristesse.

— Oui, Mathilde. Un autre enfant m'attend quelque part. Je dois le rejoindre pour que, comme toi, il devienne un lecteur curieux. Ne t'inquiète pas, j'attendrai que tu termines de lire les aventures de Gaël avant de partir. Demain, à ton réveil, toute l'histoire de *L'apprenti lecteur* sera inscrite sur mes pages. Prends ton temps et savoure cette lecture. Lorsque tu auras terminé de me lire, il suffira que tu me rendes à ta mère. Elle comprendra.

— Vous croyez ? Moi, je n'en suis pas sûre.

— Évidemment qu'elle comprendra ! Elle a été une apprentie lectrice, elle aussi. Eh oui ! Je suis aussi passé entre les mains de ta mère.

— Quoi ? Maman vous connaît ?

— Absolument, je m'en souviens très bien. Je n'oublie aucun des enfants à qui j'ai transmis l'amour des livres. Regarde comme ta mère aime les livres aujourd'hui, au point d'être devenue libraire. C'est un peu grâce à moi ! Salue-la de ma part et dis-lui qu'elle a une merveilleuse fillette. Il est temps de te dire adieu, ma chère Mathilde. Je suis très fier de toi. Qui sait, peut-être nous reverrons-nous un jour ?

— Oui, j'espère… Quand j'aurai des enfants et que ce sera leur tour d'apprendre à aimer lire… Adieu, Esprit du livre, et merci pour tout !

J'ai le cœur gros, car je viens de perdre un ami. Pour toujours. Je saisis mon livre et le serre contre mon cœur. Sa chaleur et son poids m'apaisent. Dire qu'il va falloir que je m'en sépare bientôt. Cela me brise le cœur.

Je me console en songeant que d'autres enfants pourront aussi profiter de sa magie. Sans compter que demain, je pourrai enfin parler de l'Esprit du livre et de Gaël avec maman. Comme j'ai hâte ! C'est tellement étrange de penser qu'elle l'a connu elle aussi ! Mère et fille apprenties lectrices... J'espère qu'un jour, si j'ai des enfants, ils seront à leur tour des apprentis lecteurs...

Il se fait tard, je dois dormir maintenant, car j'ai classe demain. Oh, mais j'y pense, demain, on va à la bibliothèque. Chouette alors ! Je vais pouvoir fouiner dans les rayons et trouver un bon livre à lire pour quand j'aurai terminé *L'apprenti lecteur*. Peut-être que je choisirai une histoire de chevaliers, pour me rappeler mon ami Gaël...

Petit lexique médiéval

Abbaye: couvent ou monastère dirigé par un abbé ou une abbesse où vivent des religieux ou des religieuses.

Apprenti: jeune qui apprend un métier auprès d'un maître. Apprenti cordonnier, apprentie couturière, etc.

Calligraphie: l'art de bien former les caractères d'écriture, c'est-à-dire les lettres.

Chevalier: au Moyen Âge, homme qui fait partie de l'ordre de la chevalerie.

Cour du roi: résidence du souverain et de son entourage. On appelle aussi la cour du roi les gens qui entourent le roi.

Duc: souverain d'un duché, c'est-à-dire un territoire ou une seigneurie gouvernés par un duc au Moyen Âge.

Gent, gente: gentil, joli.

Gentilhomme: homme noble de naissance (voir définition de noble).

Masure: petite habitation misérable. Baraque, cabane.

Moine : homme qui s'engage à vivre selon les règles d'un ordre religieux et qui vit retiré du monde, le plus souvent en communauté, dans un monastère.

Noble : personne de haut rang qui fait partie de la noblesse, c'est-à-dire qui est née dans la classe des nobles, des aristocrates. Les seigneurs, les gentilshommes, les chevaliers sont des nobles.

Palefrenier : personne chargée du soin des chevaux.

Parchemin : peau d'animal (mouton, chèvre, porc, veau, agneau) spécialement travaillée pour servir de support à l'écriture. C'est l'ancêtre du papier.

Précepteur : professeur particulier chargé de l'éducation et de l'instruction des enfants de familles nobles ou riches.

Scribe : homme ou femme dont le métier est d'écrire à la main. Il écrit des lettres, des textes, recopie des poèmes, etc. Pendant longtemps, seuls les membres du clergé, c'est-à-dire des religieux (moines), peuvent être scribes, mais à partir du Moyen Âge, d'autres gens commencent à le devenir.

Seigneur : titre honorifique donné aux hommes de haut rang, aux nobles.

Stylet : petit instrument pointu servant à écrire, notamment sur les tablettes de cire.